AF463226

6 Juin 1898.

VENTE

Après le décès de M. L. R.

EN VERTU D'ORDONNANCE

A la requête de M. LEMARQUIS, Administrateur judiciaire

D'UN

BEAU MOBILIER

Ancien et de divers Styles

TAPISSERIES DES XVIe & XVIIIe SIÈCLES

BIJOUX, PERLES, DIAMANTS

ARGENTERIE

HOTEL DROUOT, SALLE N° 1

Les Lundi 6 et Mardi 7 Juin 1898, à 2 heures

EXPOSITIONS

PARTICULIÈRE	PUBLIQUE
Le Samedi 4 Juin 1898	Le Dimanche 5 Juin 1898

DE 1 HEURE 1/2 A 6 HEURES

COMMISSAIRES-PRISEURS

Me Paul LEMOINE	Me LANTIEZ
Rue Lafayette, 91	Rue Le Peletier, 44

EXPERTS

M. B. LASQUIN	M. Albert LINZELER *Joaillier*
Rue Laffitte, 12	Rue de la Victoire, 56

CHEZ LESQUELS SE TROUVE LE CATALOGUE

Vente à l'Établissement Chéri, 49, rue de Ponthieu

Le Mercredi 8 Juin 1898, à 4 heures

DES VOITURES, HARNAIS, OBJETS DE SELLERIE ET D'ÉCURIE

Provenant de la même succession

EXEMPLAIRE DE M. S. ... TINER

IMPRIMERIE MAULDE ET RENOU

MAULDE, DOUMENC & Cie

IMPRIMEURS DE LA COMPAGNIE DES COMMISSAIRES-PRISEURS

Rue de Rivoli, 144. — Paris

CATALOGUE

D'UN

BEAU MOBILIER

ANCIEN ET DE DIFFÉRENTS STYLES

Bel Ameublement de salon Louis XIV en ancienne tapisserie
Meubles en bois doré
Armoires anciennes. Pendules Louis XIV. Paravents en tapisserie
Bronzes d'art et d'ameublement. Objets d'étagère
Dessins. Aquarelles

TAPISSERIES DES XVIe & XVIIIe SIÈCLES

Tapis d'Orient et autres

BIJOUX, PERLES, DIAMANTS

Environ 60 kilogr. d'Argenterie, Meubles courants, etc.

LIVRES

Dont la vente aura lieu après le décès de M. L. R...

EN VERTU D'ORDONNANCE

A la requête de M. LEMARQUIS, Administrateur judiciaire

HOTEL DROUOT — SALLE N° 1

Les Lundi 6 et Mardi 7 Juin 1898, à 2 heures

COMMISSAIRES-PRISEURS

Me Paul LEMOINE	Me LANTIEZ
Rue Lafayette, 91	Rue Le Peletier, 44

ASSISTÉS

Pour les Objets d'art	Pour les Bijoux
De M. B. LASQUIN	De M. Albert LINZELER
Expert	*Expert-Joaillier*
Rue Laffitte, 12	Rue de la Victoire, 56

EXPOSITIONS

PARTICULIÈRE	PUBLIQUE
Le Samedi 4 Juin 1898	Le Dimanche 5 Juin 1898

DE 1 HEURE 1/2 A 6 HEURES

D C. 412

CONDITIONS DE LA VENTE

La vente sera faite au comptant.

Les Acquéreurs paieront CINQ POUR CENT en sus des adjudications.

Les expositions mettant le public à même de se rendre compte de l'état et de la nature des objets, aucune réclamation ne sera admise une fois l'adjudication prononcée.

MAULDE, DOUMENC et Cie, imprimeurs de la Cie des Commissaires-Priseurs,
rue de Rivoli, 144 800—74373

DÉSIGNATION

BEAUX BIJOUX, PERLES, DIAMANTS

1 — Paire beaux Boutons d'oreilles, brillants solitaires.

2 — Collier formé d'un rang de 53 perles.

3 — Collier formé d'un rang de 193 perles avec fermoir brillant et roses.

4 — Broche de corsage traine feuilles, brillants et rose, composée de quatre broches faisant ornements de coiffure.

5 — Broche-Nœud brillants avec perle au centre, formant applique de bracelet.

6 — Broche-Nœud brillants avec deux pendants perles poires.

7 — Bague un rubis, entourage de brillants.

8 — Paire Boutons d'oreilles, perles solitaires.

9 — Tour de cou chaîne orné de roses.

10 — Broche trois brillants, entourage en roses.

11 — Broche et Boutons d'oreilles, pierres de Lune, ornés de brillants, rubis et roses.

12 — Broche et Boutons d'oreilles, Camées, ornés de perles et roses.

13 — Bague jumelle, 1 perle noire et 1 perle blanche, ornée de roses.

14 — Paire boutons d'oreilles, marguerites, brillants et roses.

15 — Broche-Trident, lapis et perles, monture or et roses.

16 — Broche feuille de marronnier, perles et roses.

ARGENTERIE

17 — Service à thé en argent ciselé, de style Louis XVI (chiffré), comprenant :

Un plateau,
Une théière,
Une cafetière,
Un sucrier,
Un pot à lait,
Douze tasses avec soucoupes,
Douze cuillers à café.

18 — Service de table en argent ciselé, de style Louis XV (chiffré), comprenant :

Quatre plats ovales,
Six plats ronds,
Deux plateaux carrés,
Deux légumiers,

Deux saladiers,
Quatre raviers,
Deux saucières,
Douze dessous de carafes,
Une corbeille à pain,
Un ramasse-miettes et une brosse,
Deux huiliers avec flacons en cristal,
Deux buires en cristal,
Huit salières,
Douze porte-menus,
Une cave à liqueurs,
Un sucrier,
Un pot à lait, un sucrier, une cafetière,
Une boîte à biscuits en cristal, garniture argent.

19 — Petit Service tête à tête, en argent ciselé, comprenant : Une théière, une cafetière, un sucrier, un pot à crème et deux tasses avec soucoupes.

20 — Service de table en argent ciselé (chiffré), comprenant :

Vingt-quatre cuillers et quarante-deux fourchettes,
Une louche, quatre cuillers à sauce,
Dix-huit couverts à entremets,
Dix-huit cuillers à café,
Douze fourchettes à huîtres,
Deux pelles, deux couteaux à glace,
Une cuiller et une pince à sucre,
Deux couvers à salade,
Neuf pièces à hors d'œuvre,
Deux ciseaux à raisin,
Douze pelles à sel.

21 — Sucrier en argent repoussé, à côtes, Drageoir en argent ajouré,

Deux Services à poisson à manches de nacre,

Deux Pelles à asperges, manche nacre,

Deux petits Plateaux,

Une Tasse à vin,

Deux Pinces à sucre,

Une petite Cafetière en argent,

Un Plateau en argent ciselé et chiffré,

Dix-huit Couteaux à dessert, à lames en argent et manches de nacre,

Dix-huit Couteaux à lames d'acier et manches de nacre.

22 — Quarante-deux Couteaux de table, à lames en acier et manches de nacre.

23 — Vingt-quatre Couteaux à dessert, à manches et lames en vermeil.

24 — Vingt-quatre Couteaux à dessert à lames d'acier et manches de nacre.

25 — Service en vermeil (chiffré), comprenant : Vingt-quatre couverts à entremets, deux pelles et une pince à sucre, vingt-quatre petites cuillers.

ARGENTURE

26 — Trois Pieds de coupes en bronze argenté, style Louis XV.

27 — Corbeille de surtout en bronze argenté de style Louis XV.

28 Un Réchaud en plaqué.

DENTELLES

29 — Coupe de sept mètres de dentelle point d'Alençon

DESSINS, GRAVURES

30 — Deux Dessins à la plume par Maurice Leloir, pour l'illustration de *Manon Lescaut*.

31 — Aquarelle de Maurice Leloir.

32 — Aquarelle par Lainé : Paysage maritime.

33 — Une Gouache.

34 — Deux Gravures anciennes : Portraits de Don Philippe V, roi d'Espagne et de la Duchesse de Portsmouth, dans des cadres en bois sculpté.

FAIENCES, PORCELAINES
OBJETS DE VITRINE

35 — Une Potiche et deux Cornets en faïence de Delft, décor bleu.

36 — Deux Plats en ancienne porcelaine de Chine et du Japon.

37 — Un Plat en vieux Saxe à décor coréen.

37 *bis* — Deux grands Cornets en barbotine.

38 — Trois Potiches et deux Cornets en faïence de Delft, décor bleu.

39 — Jardinière sphérique en porcelaine de Chine, décorée en émaux de couleurs, à figures dans des paysages.

40 — Paire de Potiches en porcelaine à décor de style japonais, garnies de montures en bronze.

41 — Potiche à huit pans en faïence de Rouen, décor bleu à lambrequin.

42 — Jardinière en faïence de Lunéville ajourée.

43 — Cache-Pot en porcelaine décorée.

44 — Tasse et sa Soucoupe en porcelaine de Sèvres.

45 — Une Tasse, un Bol, une Soucoupe, un Pot à lait et une Jardinière en porcelaine de la Compagnie des Indes.

46 — Deux Tasses en porcelaine de Saxe.

47 — Tasse en porcelaine de Saxe fond rose.

48 — Un Cerf en porcelaine de Saxe.

49 — Veilleuse en forme de maisonnette en porcelaine.

50 — Cinq Verres gravés.

51 — Brûle-Parfum en bronze japonais formé d'un personnage sur une carpe.

52 — Figurine équestre en bronze sur socle en marbre.

53 — Petite Boîte à fiches en ivoire.

54 — Statuette de martyre en bois sculpté du XVIIIe siècle.

55 — Drageoir Louis XIII en argent ciselé.

56 — Quatre pièces : Statuettes et Médaillon en biscuit.

57 — Deux Vases à piédouche et à deux anses en faïence italienne.

58 — Porte-Bouquet en faïence italienne composé d'un groupe de quatre vases.

59 — Poignard persan à lame courbe en damas, avec manche en morse gravé.

60 — Petite Jardinière genre Louis XV en argent repoussé.

61 — Quatre Cadres à photographies en métal.

62 — Émail dans un cadre en tôle.

63 — Deux Bougeoirs style Renaissance en cuivre.

BRONZES D'ART & D'AMEUBLEMENT

64 — Statuette de Diane d'après Houdon, bronze de *Barbedienne*.

65 — Paire de Candélabres style Louis XVI en marbre et bronze.

66 — Groupe de trois Bacchantes en bronze, d'après Clodion.

67 — Deux petits Flambeaux cassolettes de style Louis XVI formés de fûts cannelés en agate supportant des vases en bronze ciselé et doré.

68 — Garniture de foyer style Louis XVI en bronze doré comprenant deux chenets, garde-feu, pelle et pincettes.

69 — Grande Pendule de style Louis XIV, plaquée d'écaille et de marqueterie de cuivre, richement ornée de bronzes, cariatides, motifs, appliques, mascarons et surmontée d'une figure de Minerve.

70 — Garniture de foyer style Louis XIII, chenets pare-étincelles, pelles et pincettes.

71 — Paire de Flambeaux de style Louis XIV, en bronze doré, tiges carrées avec bases à mufles de lions.

72 — Lustre à 24 bougies, de style Louis XIV, en bronze et cristal. Il est disposé pour l'éclairage électrique, à 9 lumières.

73 — Pendule et son socle de suspension, style Régence, en marqueterie de cuivre, ornée de bronzes, figures d'enfants, char de Vénus et surmontée d'une statuette.

74 — Deux paires de Girandoles à 4 lumières, de style Louis XV en bronze argenté.

75 — Petit Cartel de style Louis XV en bronze doré.

76 — Deux paires d'Appliques à 2 lumières en bronze doré de style Louis XV.

77 — Deux Chenets style Renaissance, en bronze italien, avec statuettes de Jupiter et de Junon.

78 — Deux Flambeaux à trépieds et cariatides en bronze italien de style Renaissance.

79 — Sonnette Renaissance en bronze.

80 — Statuette d'Armurier, bronze d'après MANIGLIER.

81 — Deux Porte-cierges à 4 lumières, en cuivre poli, style Renaissance.

82 — Deux Bouts-de-table, style Louis XIV, à 3 lumières.

83 — Lustre hollandais à 12 lumières, en cuivre.

84 — Petite Jardinière ronde en cuivre rouge repoussé à godrons.

85 — Deux Plats en cuivre poli du XVIe siècle, l'un à rosace, l'autre à figures.

86 — Deux Bougeoirs en cuivre, genre Louis XIII.

87 — Marmite flamande en cuivre rouge repoussé.

88 — Groupe de deux Nymphes en bronze sur socle en marbre griotte, formant presse-papier.

89 — Deux petites Appliques Louis XIV, à une lumière, en cuivre argenté.

90 — Plat Renaissance en cuivre jaune repoussé.

91 — Deux Flambeaux, style Louis XIII, en cuivre.

92 — Mortier en bronze à frise de figures et guirlandes, muni de deux anses et portant la date de 1584.

93 — Petit Mortier en bronze daté de 1632.

94 — Série de poids du XVIe siècle, en bronze, transformée en encrier.

95 — Absent.

96 — Deux Chenets de style Louis XV en bronze à figures d'enfants sur des ornements rocailles, avec pelle et pincettes.

97 — Garniture de foyer, chenets style Louis XVI, pelle et pincettes.

MEUBLES ANCIENS ET DE STYLE

98 — Ameublement de Salon composé d'un canapé, de six fauteuils et d'un écran en ancienne tapisserie d'Aubusson à vases de fleurs dans des encadrements contournés, montures en bois sculpté et doré de style Louis XIV.

99 — Tabouret de style Louis XIV garni d'ancienne tapisserie à pavots.

100 — Tabouret couvert d'ancienne tapisserie à fleurs.

101 — Petite Banquette, style Louis XIV, en bois doré.

102 — Tabouret, style Louis XIV, en bois doré, garni de tapisserie de la Savonnerie.

103 — Quatre Torchères Louis XIV, à pieds triangulaires en bois sculpté et doré.

104 — Quatre Girandoles de style Louis XIV en bronze, garnies de cristaux.

105 — Table Louis XIV en bois sculpté et doré, à mascarons, guirlandes et pieds de biche reliés par un croisillon. Dessus de marbre.

106 — Table Louis XIV en bois sculpté à ornements dorés sur fond noir. Le dessus en marqueterie de bois à fleurs et ramages.

107 — Petile Table carrée de style Régence en bois sculpté et doré, ornée de mascarons, pieds de biche à croisillon. Dessus de marbre vert de mer.

108 — Table de style Louis XIV en bois sculpté et doré à pampres et draperies, pieds à croisillon supportant un vase, dessus de marbre brèche.

109 — Panetière normande formant casier à musique.

110 — Piédestal en bois sculpté à volutes, fleurs et feuillages dorés sur fond noir, avec pupitre à musique en bois doré.

111 — Paravent à quatre feuilles en tapisserie au petit point dit de Saint-Cyr, à fleurs et figures d'enfants. Le revers garni de peluche vert émeraude.

112 — Trois Portières en velours vert avec bandes en tapisserie au point dit de Saint-Cyr, semblable à celle du paravent qui précède.

113 — Housse de piano soie jaune.

114 — Trois Garnitures de fenêtres en velours de soie vert avec application de satin paille, composées chacune de deux rideaux avec lambrequins.

115 — Chaise-longue en bois doré, de style Louis XIV, couverte d'ancien velours de Gênes cramoisi et à fond jaune.

116 — Vitrine de style Louis XIV en bois noir marqueté de cuivre et garnie d'écoinçons en bronze doré.

117 — Un Canapé, deux Bergères et une Chaise Louis XV en noyer, garnis de velours marron.

118 — Un Coussin en velours et application.

119 — Ecran Louis XIV en noyer sculpté, garni de tapisserie au point.

120 — Armoire à deux portes, en chêne sculpté, à ornements, d'après Bérain.

121 — Meuble-Étagère de style japonais, incrusté d'ivoire et de nacre.

122 — Baromètre Louis XVI en bois sculpté et doré.

123 — Secrétaire en bois noir verni, orné de bronzes.

124 — Chaise longue Louis XVI avec bout de pieds, couverte en velours frappé.

125 — Écran avec feuille en tapisserie.

126 — Banquette à dossier garni de tapisserie du XVIe siècle représentant une réunion de seigneurs, le siège garni d'ancienne tapisserie verdure animée d'oiseaux.

127 — Banquette à dossier, garnie de drap cerise avec ornements verts en application.

128 — Deux Fauteuils portugais et deux Chaises garnis de cuir gaufré.

129 — Chaise style Louis XIII garnie de tapisserie au point.

130 — Torchère à trépied en bois sculpté, de style Louis XIII.

131 — Cabinet italien en bois sculpté, à figures grotesques et feuillages, de style Renaissance, avec une table-support.

132 — Table à jouer style Louis XIII en marqueterie de bois.

133 — Deux Colonnettes-Supports en noyer sculpté du XVIe siècle, montées sur pieds à quatre volutes.

134 — Table style Renaissance sur pieds en éventail à griffons ailés, en noyer sculpté.

135 — Gaine formée d'une cariatiade d'homme en bois sculpté.

136 — Pendule style Louis XIII en bois noir et bronze doré.

137 — Porte-Parapluies de style Renaissance en noyer sculpté, à montants cannelés ornés de cariatides, frise de palmettes et à fronton.

138 — Deux Chaises portugaises garnies de cuir ciselé et cloutées de cuivre.

139 — Table style Henri II en chêne sculpté, à pieds balustres cannelés.

140 — Armoire normande Louis XV en chêne sculpté, à contours, feuillages et rocailles, surmontée d'un fronton.

141 — Armoire analogue à la précédente, sans fronton.

142 — Glace Louis XV cadre à fronton, en bois sculpté, à ornements rocailles.

143 — Fût de colonne en marbre vert avec chapiteau et base en bronze doré.

TAPISSERIES ANCIENNES

144 — Belle Tapisserie de la fin du XVIe siècle, représentant une chasse à l'ours par des cavaliers et un grand nombre de petits personnages dans un paysage boisé. Au loin, un château avec parterre dominé par des collines au fond. Elle est entourée d'une belle bordure offrant des figures allégoriques alternant avec des groupes de fleurs et de fruits.

145 — Tapisserie de même époque et de la même suite que la précédente.

146 — Tapisserie de la même époque, divisée en deux parties.

147 — Grande Tapisserie de la même époque, en mauvais état.

148 — Tapisserie d'Aubusson de l'époque Louis XV, représentant une bergère assise à gauche parlant à un berger debout devant elle ; à droite, quelques moutons, fond de paysage avec château en ruines.

149 — Deux Tapisseries d'Aubusson du temps de Louis XV, à scènes pastorales : 1° le moulin à eau avec pêcheur et bergère à droite ; 2° les bergers.

150 — Deux Encadrements de fenêtres en ancienne tapisserie de Bruxelles à fleurs.

151 — Glace avec encadrement en tapisserie ancienne à fleurs.

TAPIS D'ORIENT ET AUTRES

152 — Grand Tapis de Smyrne à larges ornements sur fond bleu, avec encadrement à fond rouge (salle à manger).

153 — Tapis en moquette rouge (de la chambre à coucher) et un tapis de passage.

154 — Carpette de Smyrne (du cabinet de travail).

155 — Trois petits Tapis de Perse.

156 — Cinq Coussins divers, l'un en tapisserie au point.

157 — Tapis de fumoir en moquette rouge à dessin bleu.

158 — Trois petits Tapis d'Orient.

159 — Deux petits Tapis orientaux, fond vert d'eau lamé d'or.

160 — Tapis chemin persan à fond bleu (antichambre).

161 — Tapis en moquette rouge (cabinet de toilette) et une petite Carpette en Smyrne.

162 — Tapis de prière en Smyrne.

163 — Quatre Carpettes de Smyrne et de Perse.

DIVERS

164 — Deux Supports en bois noir.

165 — Table-servante en bois de placage et marqueterie.

166 — Pupitre en bois de rose et deux boîtes.

167 — **COFFRE-FORT** de FICHET dans un meuble à hauteur d'appui, de style Louis XIV, en chêne sculpté.

168 — Console-Applique de style Régence, en bois doré.

169 — Table de style Louis XV, en bois sculpté.

170 — Un Support applique Louis XIV, en marqueterie de cuivre et d'écaille.

171 — Deux petits Baromètres et un Bougeoir.

172 — Encrier en cuivre.

173 — Deux Poignards.

174 — Quatre Pièces objets d'étagère : petits vases en Satzuma et petits bronzes.

175 — Statuette d'amour, en bronze, d'après PIGALLE.

176 — Flambeau à trois bougies, en cuivre poli, sur pied en marbre rouge.

177 — Deux Bouts de Table en bronze, un Cornet et un Vase en cristal.

178 — Garniture de Foyer en cuivre poli (du fumoir), avec chenets et pare-étincelles.

178 *bis* — Cadre doré avec aquarelle.

179 — Singe grimpant en porcelaine.

180 — Groupe de deux Chevaux en marbre blanc, sur socle en serpentine.

181 — Statuette en marbre blanc : jeune Femme jouant du Violon.

181 *bis* — Objets divers omis au Catalogue.

LIVRES

182 — Environ trois cents volumes reliés et brochés, histoire et littérature. Ce lot sera divisé.

LINGERIE

183 — Table carrée en bois peint.

184 — Chiffonnier en chêne.

185 — Machine à coudre Singer.

186 — Deux Tables, trois Chaises cannées, Séchoir, Porte-Manteau, façon bambou, un Mannequin.

187 — Galerie de Foyer : pelle, pincettes, pare-étincelles en cuivre.

188 — Carpette en moquette.

189 — Deux Rideaux de fenêtre et deux Portières en coton rouge à fleurs.

OFFICE

190 — Service de table en cristal taillé, vingt-deux carafes, deux coupes à glace, cloche à fromage (chiffré R. L.).

191 — Quatre Brocs à rafraîchir, trente Pièces verrerie, sept Carafes dépareillées, trois Coupes et un Plateau en cristal.

192 — Service de table pour dix-huit couverts en porcelaine blanche, décor bleu.

193 — Trois Lampes en porcelaine blanche, deux petites Lampes nickelées, sept Plateaux laqués.

CAVE

194 — Six Casiers à bouteilles et un hérisson en fer.

195 — Deux cents bouteilles vides.

196 — Scie, Merlin, Seau à charbon, Crochet à bois et son pied.

VOITURES, HARNAIS

OBJETS DE SELLERIE ET D'ÉCURIE

VENTE

LE MERCREDI 8 JUIN 1898, A 4 HEURES

A L'ÉTABLISSEMENT CHÉRI

49, RUE DE PONTHIEU

EN VERTU D'ORDONNANCE

Un *Coupé,* par KELLNER ;
Un *Coupé,* par KELLNER, état de neuf ;
Une *Victoria,* par KELLNER ;
Un *Phaéton,* par KELLNER ;
Un *Buggy,* par KELLNER.

HARNAIS, BRIDES, ACIERS, COUVERTURES, PELISSES
TRÉTEAU, CHÈVRE, SEAUX

Conditions : Au comptant, 10 % en sus des enchères

On pourra visiter les Voitures et Objets de sellerie, 49, rue de Ponthieu, les Lundi 6 et Mardi 7 Juin, de 2 à 4 h., ainsi que le matin de la vente.

www.ingramcontent.com/pod-product-compliance
Ingram Content Group UK Ltd.
Pitfield, Milton Keynes, MK11 3LW, UK
UKHW020229180726
13838UKWH00005B/2271